Une vie de rêve et de magie

Vous pouvez consulter notre catalogue général et
l'annonce de nos prochaines parutions sur notre site :
www.cherche-midi.com

92, avenue de France, 75013 Paris
Édition établie en collaboration avec **Julie Noyat**
Édition et suivi éditorial : **Bleuenn Jaffres**
Iconographie : **Cécile Pagani**
Conception graphique et composition : **César Drouin**
Dépôt légal : novembre 2023
ISBN : 9782-7491-7556-0

Dani Lary

Une vie de rêve et de magie

le cherche midi

Dani Lary vous offre un tour de magie inédit à faire à la maison.
Pour le découvrir, il vous suffit de télécharger l'application gratuite

lisez!

puis de **scanner cette page pour lancer le contenu.**

Enfance

C'est comme ça que mon père a redémarré une activité dans les meubles à Colombey-les-Deux-Églises. On habitait dans une maison à Rennepont, le village juste à côté.

D'Oran à Colombey-les-Deux-Églises

Je suis né à Oran en 1958. Comme mes parents étaient pieds-noirs, nous avons dû quitter l'Algérie en 1962. Mon père a alors écrit une lettre au général de Gaulle, disant qu'il avait beaucoup aimé sa célèbre phrase « Je vous ai compris ! », et il a ajouté : « Maintenant, c'est vous qui allez me comprendre : j'étais menuisier à Oran, j'avais une belle affaire, je viens de tout perdre, j'ai quatre enfants, ce qui fait, avec ma femme et moi, six bouches à nourrir… Que proposez-vous ? » Contre toute attente, le général de Gaulle lui a répondu qu'il n'y avait pas de menuisier à Colombey-les-Deux-Églises, et qu'il lui y offrait donc un petit atelier.

À gauche : de gauche à droite, ma sœur Brigitte, moi et mon frère Norbert.
À droite : moi, ma sœur et mon frère à Oran.

BOURG DE PEAGE
1965-66
CLASSE DU CPA

Beau sur la photo...

En 1965, alors que j'étais scolarisé à l'école de Bourg-de-Péage, eut lieu la traditionnelle photo de classe. Ma mère, pensant bien faire et fière de son fiston, m'a mis une cravate pour que je sois beau sur la photo.

Le jour J, mes copains étaient tous en anorak et en pull, et moi j'étais en chemise et cravate à 7 ans. Ils se sont tous foutus de moi ! Regardez comme j'ai l'air heureux...

En haut à gauche : mes premières constructions.

En bas à gauche : mes premiers spectacles avec mon premier assistant, mon ami d'enfance Pascal Bonardel.

Ci-contre : ma première boîte de magie, la boîte de Kassagi. Le bonheur que m'apportait cette boîte est ancré dans ma mémoire, j'ai donc créé mes propres boîtes des années plus tard !

Page de droite : moi à l'âge de 8 ans.

Comment je suis venu à la magie

Quand j'avais 8 ans, j'ai vu à la télévision un magicien qui s'appelait Schmoll. Il faisait un tour très simple : il déchirait une feuille de journal qu'il reconstituait. J'ai demandé à ma mère comment il avait fait, et elle m'a répondu : « Je ne sais pas, c'est de la magie. » Alors je me suis enfermé dans la cuisine et j'ai déchiré tous les journaux. Lorsque ma mère est entrée, elle a éclaté de rire et m'a demandé ce que je fabriquais. Je lui ai répondu que je voulais refaire à tout prix le tour du magicien !

Au Noël suivant, mon cadeau était tout trouvé : j'ai reçu ma première boîte de magie, celle de Kassagi, un très grand magicien algérien. C'est avec cette boîte que j'ai fait mes premiers spectacles devant ma famille et mes copains.

Inspirations

Schmoll est le premier magicien que j'ai vu en vrai. Mon père m'a emmené assister à son spectacle à Valence et j'ai adoré, j'étais fasciné.
Kassagi est le premier magicien que j'ai regardé à la télévision.
Je suppliais ma maman de m'acheter des *Pif Gadget* pour avoir les petits cadeaux à l'intérieur, qui étaient souvent des tours de magie.

Robert-Houdin

Jean-Eugène Robert-Houdin (1805-1871) est le père de la magie moderne. Avant lui, il y avait des Merlin l'Enchanteur, avec des chapeaux pointus et surtout des ustensiles qui n'appartenaient qu'aux magiciens. Aux yeux des gens, ce n'était pas de la véritable magie parce qu'on se doutait que ces accessoires étaient truqués. Robert-Houdin, lui, montait des spectacles dans son salon, en utilisant des objets usuels : un vase, une horloge, un oranger, des mouchoirs… Je me suis complètement inspiré de lui dans mon approche de la magie, tant dans la conception des tours que dans la création des univers de mes spectacles… C'est mon maître à penser.

Le musée Grévin

Vers l'âge de 13 ans, mon père m'emmenait chaque année au Salon du meuble, à Paris. J'attendais ce moment avec une impatience à peine contenue, car pendant les trois jours que durait l'événement, il me laissait au musée Grévin : je passais mes journées là-bas. J'avais l'impression d'y être « à la maison ».
À l'époque, le musée Grévin était axé sur la magie. Il comprenait un petit théâtre où se produisaient en permanence des magiciens. J'assistais à leur spectacle dix ou douze fois par jour.
J'adorais y aller et j'étais fasciné par tout cet univers fantasmagorique.
Je me suis toujours dit :
« La consécration la plus ultime pour moi serait d'avoir ma statue au musée Grévin. » J'attends qu'il me contacte…

À gauche : affiche promotionnelle du musée Grévin, 1887.

Ci-dessous : gravure représentant Robert-Houdin qui effectue le tour du bar magique, qui m'a toujours fasciné et que j'effectue encore aujourd'hui. On verse de l'eau dans des verres transparents, laquelle se transforme instantanément en différentes boissons (cola, bière, jus de fruits…). On donne ensuite les verres au public pour qu'il s'assure que ce sont de vraies boissons.

Premiers pas de magicien

De Hervé Bittoun à Dani Lary

Ma sœur Brigitte m'avait expliqué que pour être magicien, il fallait un pseudonyme, comme les stars. Mais je ne savais pas ce que c'était. Ma tante était couturière dans le prêt-à-porter pour Alain Manoukian. Pour moi, c'était tonton Alain, car je me rendais très souvent dans sa boutique à Romans-sur-Isère, qui s'appelait Danilan.

Comme j'admirais beaucoup tonton Alain, j'ai dit à ma sœur : « J'aimerais bien "Danilan" comme nom de scène. » Elle a trouvé que « Dani Lary », ça sonnait mieux, et c'est ainsi qu'Hervé Bittoun est devenu Dani Lary.

À gauche : moi à l'âge de 18 ans, avec ma première valise de magicien pour transporter mon matériel. J'ai toujours cette valise aujourd'hui et je l'expose dans ma salle de spectacle.

À droite : moi au même âge, avec le tour de la casserole en feu où je faisais apparaître des colombes dans une casserole enflammée.

Double page suivante : à mes débuts, j'ai effectué beaucoup de tours avec des colombes !

Dominique Genel en père Noël, moi en Joker, Paula Vernon en Alice au pays des merveilles, mon producteur de l'époque, Dany Darcey, Isabelle Valente, au sol en femme de Joker, et Valérie Trial en « ¡bong ¡bong » le costume qui rebondit.

Des lieux et des décors de rêve…

À mes débuts, alors que je donnais un spectacle à la kermesse de Triors, un petit village à quelques kilomètres de Romans-sur-Isère, ma « scène » était constituée de palettes, derrière lesquelles avaient été plantés deux piquets de camping de chaque côté. Une tenture rouge de salle à manger faisait office de rideau.

Lucifer

J'ai toujours été fasciné par les diablotins – c'est d'ailleurs pour cela que ma société s'appelle Lucifer Magic Création. Pour l'un de mes premiers arbres de Noël, en 1977, j'avais eu l'idée de fabriquer une grande tête de Lucifer comme décor.
Au début du spectacle, le rideau s'ouvrait et on entendait une voix off s'écrier : « Ah ! Ah ! Ah ! Je suis Lucifer, je suis le diable et je vais vous présenter Dani Lary ! » Ses yeux bougeaient et crachaient de la fumée.

J'étais très fier de ma création, mais les deux mille gamins qui constituaient le public se sont mis à hurler de frayeur ! C'était censé être un spectacle joyeux, et au lieu de cela, j'ai fait pleurer la salle entière…

1977, sortie de l'armée

Je suis allé au carnaval de Romans « déguisé » en magicien alors que je venais tout juste de sortir de l'armée. Le sergent-chef se plaignait que j'avais toujours les cheveux trop longs, et pour me punir, il m'avait ajouté vingt jours de service, tandis que le reste de ma promo était libéré… Le dernier jour, pour me venger, je me suis rasé avant d'aller le saluer pour lui dire au revoir !

Ci-contre : à l'âge de 19 ans, avec mes cheveux rasés…

Pierrot et Colombine

C'est avec le numéro de « Pierrot » que j'ai remporté mon premier prix au championnat de France de magie. Ce fut la révélation et le lancement de ma carrière nationale. C'était un tour de manipulation de colombes où, à la fin, je faisais apparaître mon assistante dans une maisonnette. Ensuite, je multipliais des apparitions de bougie.

À gauche : dans mon costume de Pierrot, en préparation et sur scène.

À droite : avec Isabelle, dans nos costumes du numéro de Pierrot.

Mes premières assistantes

Lorsque j'ai commencé, j'ai beaucoup mis ma famille à contribution. Mes sœurs m'ont aidé en servant de cobayes, et Anita a ainsi été l'une de mes premières assistantes. Et puis il y a eu aussi des amies ou petites amies : Marie-Noëlle, qui m'assistait de manière occasionnelle par exemple pour les arbres de Noël, Brigitte pendant trois ans environ, ou encore Isabelle, qui, elle, est restée à mes côtés pendant une dizaine d'années, et qui est la mère de mon fils Albert. Son surnom était « la Reine mère » car elle qui avait tout appris sur le tas savait tout faire, et c'est elle qui a conseillé et formé mes futures assistantes. Elle est ensuite devenue magicienne à part entière dans différents cabarets.

À gauche : avec Isabelle, lors d'un shooting photo dans le magasin de mon père.

À droite, tout en haut puis juste en dessous : avec ma sœur Anita.

À droite ensuite, de haut en bas : avec Isabelle ; avec Brigitte ; avec Marie-Noëlle.

Ma première grande illusion

Ma première grande illusion consistait en une lévitation : je faisais sortir Isabelle, mon assistante, d'un cercueil que j'avais construit, et elle tenait en l'air.
Pour faire la promotion de ce nouveau numéro, il me fallait une photo d'affiche ; j'avais donc demandé l'aide de mon copain Philippe Barret, qui était photographe.
Comme les finances n'étaient pas encore au rendez-vous, on avait eu l'idée de faire une séance photo au cimetière de Génissieux, une commune à côté de Romans-sur-Isère : il y avait une partie un peu délabrée, c'était un décor naturel parfait et gratuit ! Nous n'avions aucune autorisation, car je me voyais difficilement faire une telle demande au maire…
Je me suis donc retrouvé à minuit, au beau milieu du cimetière, maquillé et déguisé en Dracula, ma sœur Annie une chouette dans les mains, et Isabelle en lévitation au-dessus d'une tombe.
Je vous laisse imaginer si quelqu'un avait passé sa tête au-dessus du mur à ce moment-là !

Premières distinctions

Enfin magicien !

Pendant les dix premières années de ma carrière, j'étais enregistré en tant que « magicien stagiaire ». Puis, un jour, un membre de l'Ordre des magiciens a dit : « On pourrait quand même déclarer Dani Lary comme "vrai" magicien, maintenant ! »

ASSOCIATION FRANÇAISE DES ARTISTES PRESTIDIGITATEURS
ORDRE DES ILLUSIONNISTES
Siège Social : 44, Rue Saint-Antoine - PARIS (IVe)
Inscription officielle N° 5.061 N° 1394
L'ORDRE des Illusionnistes de France reconnait pour
MAGICIEN
Mr BITTOUN Hervé
dit : DANI LARY
demeurant à : 26300 BOURG DE PEAGE
et l'accrédite comme tel dans tous les pays.
Le Président du Conseil de l'Ordre
Le Titulaire a prêté le SERMENT du SECRET :
1983

Premiers championnats

En 1978, j'ai gagné le premier prix au Congrès de magie national italien catégorie « magie générale » (pour l'anecdote, Arturo Brachetti a reçu cette année-là le grand prix du jury). Et en 1985, j'ai remporté le premier prix au championnat de France de magie (voir p. 20).

À gauche : Marie-Noëlle Louvet, moi, Anne-Marie Blanchard.

Ci-dessus : première carte officielle de l'Ordre des magiciens, établie initialement en 1971.

les croisières

Un mort à bord

Un jour, à la fin d'une croisière à bord du *Mermoz,* alors que nous nous préparons à débarquer au port de Toulon, on nous annonce qu'il va falloir patienter en raison d'un petit problème technique. Une heure, deux heures passent…
« Qu'est-ce qu'il se passe ? finis-je par demander au capitaine.
– On a un mort à bord… et on n'était pas au courant !
– Comment ça ?
– Il y a un corbillard en train de patienter sur le quai, répond-il. Et on ne peut pas faire débarquer les passagers devant, vous comprenez bien…
– En fait, le corbillard est à moi… », lui dis-je, tout penaud.
J'avais acheté cette voiture, car je la trouvais pratique, et mon cousin Yves n'avait rien trouvé de mieux que de se garer juste devant la passerelle pour que l'on puisse décharger mon matériel plus facilement.
Après un peu plus de trois heures d'attente, mon cousin a bougé le véhicule… et nous avons tous pu débarquer !

Des bateaux de croisière… au Casino de Paris

Lors de la Croisière de la chanson française sur le *Mermoz*, le maître de cérémonie n'était autre que Pascal Sevran, créateur et présentateur de l'émission *La Chance aux chansons.* Les passagers étrangers, qui s'intéressaient peu à la chanson française, avaient la possibilité d'assister à mon spectacle de magie.
Les jours passant, le bouche-à-oreille a fait son office et il y a eu de plus en plus de réservations pour mon spectacle. La directrice de croisière a fini par décider d'intervertir les lieux des prestations : le spectacle de chansons passerait désormais dans la petite salle, et le spectacle de magie dans la grande salle. Pascal Sevran en fut extrêmement vexé.
Un jour, vers la fin de la croisière, alors que le spectacle de chant avait été annulé, car la plupart des chanteurs souffraient du mal de mer, il est venu assister au spectacle de celui qui l'avait « détrôné ».
À la fin de la représentation, il m'a lancé : « Vous m'avez piqué ma place, je vous déteste ! Mais je vous engage ! Êtes-vous disponible après la croisière ? »

C'est ainsi que j'ai été recruté pour faire la première partie de sa série de spectacles dédiés à la chanson française, au Casino de Paris. Je suis entré dans le show-business directement par la grande porte !

L'héritier de Robert-Houdin

Lorsque je suis entré au Casino de Paris, le producteur m'a donné pour consigne de trouver vingt invités chaque soir pour montrer que le spectacle marchait bien – pas facile quand on n'est pas Parisien ! Après avoir invité des amis, mon chauffeur de taxi, mon coiffeur, etc., je tombe dans mon carnet d'adresses sur le numéro de téléphone d'une dame avec qui j'avais sympathisé sur un bateau de croisière, et qui prétendait être l'arrière-petite-fille de Robert-Houdin. Je n'y avais à l'époque pas vraiment prêté attention, car ce genre de bobards, on en entend beaucoup dans mon métier ! Bref, cette dame accepte d'assister au spectacle et, juste après, me reparle de son arrière-grand-père et m'invite à un dîner chez elle.

Le soir venu, elle m'envoie son chauffeur au volant de sa Jaguar, qui m'emmène dans un immeuble chic, où j'apprends que la baronne m'attend. Un vrai conte de fées !
Plein de beau monde est là – l'acteur Jean-Claude Brialy, le chirurgien de la baronne, son avocat, etc. –, nous sommes servis à table par du personnel, et je me demande ce que je fiche là.
À la fin du dîner, la baronne se lève et fait un discours solennel en l'honneur de « Dani Lary, ce jeune magicien prodige » ; après quoi elle me demande si j'accepte la collection de livres de son arrière-grand-père. Tout de suite, je prends les devants : « Écoutez, ça va être vite réglé. Je crois, madame, que je n'ai même pas de quoi acheter la couverture d'un seul de ces livres ! » Et c'est là qu'elle me répond : « Cette collection n'est pas à vendre, je vous l'offre. Ça doit faire à peu près dix ans que je vous cherche. Je cherchais un jeune magicien aux yeux qui brillent pour prendre la succession de mon arrière-grand-père. »

Au Royal Palace

À gauche : avec Isabelle dans nos costumes de scène au Royal Palace.

Mon arrivée au Royal Palace

Jack Dolle, qui se produisait lui aussi sur des bateaux avec sa compagnie de danse les Dolly Dollies, avait parlé de mes spectacles de magie à Pierre Meyer, le propriétaire d'un petit club dans le village alsacien de Kirrwiller : le Royal Palace. Lorsque je l'ai rencontré, j'ai prétendu que ma troupe et moi pouvions réaliser un grand spectacle, faire apparaître une Corvette, effectuer un numéro avec un château, etc. En bref, j'ai un peu vendu la peau de l'ours avant de l'avoir tué…
« Banco, on y va ! » m'a-t-il répondu.
Quand je suis reparti de Kirrwiller, j'ai dit à mon copain Jean Regil : « Merde, comment on fait apparaître une voiture ?
– Tu vends des tours, mais tu ne sais même pas comment on les fait ?!
– Non, je vends des trucs et après je me débrouille pour savoir les faire. »
À Pierre Meyer, qui me demandait sans arrêt si j'allais faire le tour du Pierrot, le tour de la bulle d'eau ou tel autre numéro, je répondais : « Oui, oui, vous aurez tout… »
Et j'ai tenu parole : après six mois de sueurs froides et de nuits blanches, j'avais fabriqué l'ensemble des éléments de mon spectacle.
Quand je suis arrivé avec la Corvette promise et l'ensemble des décors nécessaires, Pierre Meyer m'a tout de suite fait signer un contrat de deux ans. Pour la première fois, j'avais la chance d'être la vedette d'un spectacle : le *Fantastic Show*. Il est devenu petit à petit le plus grand spectacle de magie de France. J'ai monté ensuite le *Paradis Magique Show*, qui m'a permis de poursuivre mon aventure au sein du Royal Palace.

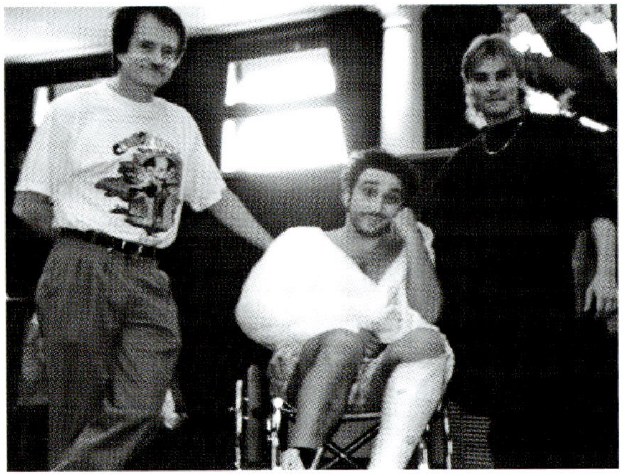

La chute de Lucifer

En 1994, j'ai eu un accident, la plus grosse chute de ma carrière. C'était lors d'une répétition générale.
À la fin de la première partie, j'étais habillé en diable et j'apparaissais dans un chaudron en feu. Pour clore le numéro, une voix off disait : « Quant à Lucifer, il retourna en enfer ! » Là, j'entrais dans mon chaudron, je lançais une boule de feu et j'étais catapulté en l'air.
Cette fois-là, je suis parti tellement vite que les filins de sécurité ont lâché ! D'habitude, on entendait un cri diabolique… au lieu de quoi, on entendit un « Aaahhhh !!! » de panique.

Les gens qui assistaient à la scène n'ont pas compris tout de suite et ils ont éclaté de rire, puis ils ont vu arriver les pompiers.
Heureusement, je portais un harnais en Kevlar qu'Isabelle avait eu l'ingéniosité de fabriquer. À mon arrivée aux urgences, le médecin m'a prédit que j'aurais des séquelles… Lorsqu'il a vu que j'étais encore entier, il a demandé à Isabelle une copie des plans du harnais ! Il m'avait en quelque sorte sauvé la vie… Bilan : tout de même six fractures ! J'ai dû être remplacé pendant deux mois par un jeune magicien, Marc Berger, avant de pouvoir reprendre ma place.

À gauche : moi, plâtré de partout, entre Jean Regil et Marc Berger, qui m'a remplacé le temps que je me remette sur pieds.

À gauche : mon costume de scène quand j'interprétais un diable dans mon spectacle.

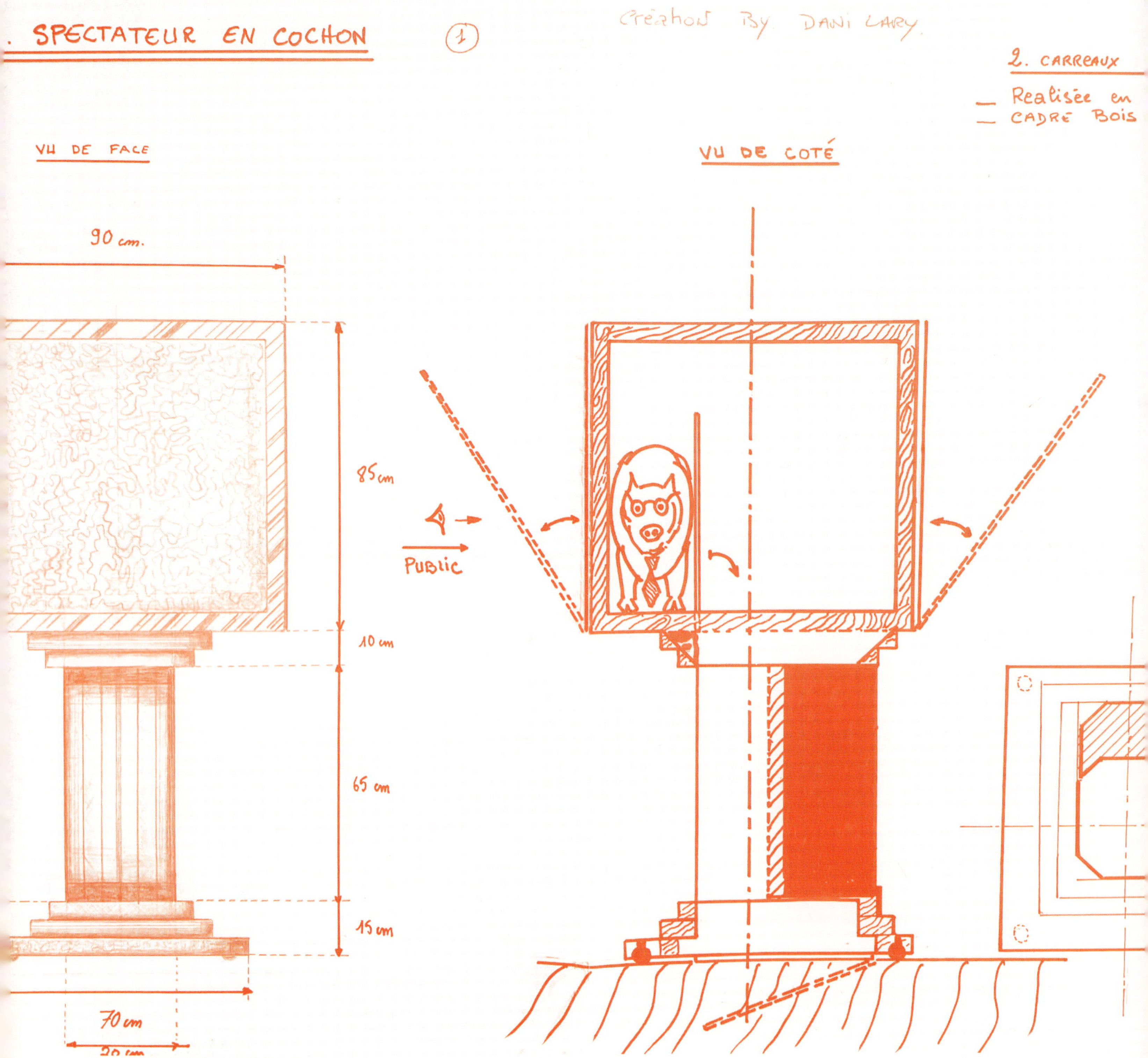
. SPECTATEUR EN COCHON
1
Création By Dani Lary
2. CARREAUX
— Realisée en
— CADRE Bois
VU DE FACE
VU DE COTÉ
90 cm.
85 cm
10 cm
65 cm
15 cm
70 cm
PUBLIC

La petite ménagerie du Royal Palace

Comme on était à la campagne, j'avais envie de monter un numéro avec des animaux de la ferme. L'idée était de demander à un spectateur, qui était en fait un complice, de monter sur scène et d'entrer dans une boîte. Puis on ouvrait ladite boîte et le spectateur était « transformé » en cochon.

Mon secret : *c'était un jeu de paroi. Le cochon était d'un côté, l'assistante entrait de l'autre, se cachait dans le pied, puis la paroi qui cachait le cochon se rabattait pour le laisser apparaître à l'ouverture de la boîte.*

Pierre Meyer m'avait pour cela amené un cochon nain noir, un angora magnifique. Mais j'avais beau montrer au public qu'il n'y avait rien dans la boîte, on entendait le cochon grogner, c'était infernal.

À la place, on a essayé le numéro avec une petite chèvre qui s'appelait Biquette, et là, ça a été un grand succès : je faisais disparaître une spectatrice, puis je la « transformais » en chèvre et la faisais descendre de scène en disant « *Hopla geis* » – c'est une expression populaire alsacienne qui signifie littéralement « Allez, la chèvre » et qui est communément utilisée pour dire : « On y va ! »

Dani, le prince charmant

Pendant ma période de convalescence, alors que j'étais plâtré quasiment de haut en bas et incapable de faire la moindre activité, j'allais tous les jours donner des carottes et autres friandises au cheval qui apparaissait dans le tableau « Blanche-Neige ».
Je lui disais : « Je suis cassé, mais dans pas longtemps, tu verras, je vais faire le prince charmant ! » Ainsi, il s'est habitué à ma présence.

À gauche : croquis pour le tour du cochon.

Double page suivante : le tableau « Blanche-Neige » avec Isabelle en Blanche-Neige et Arinda Klokke en sorcière.

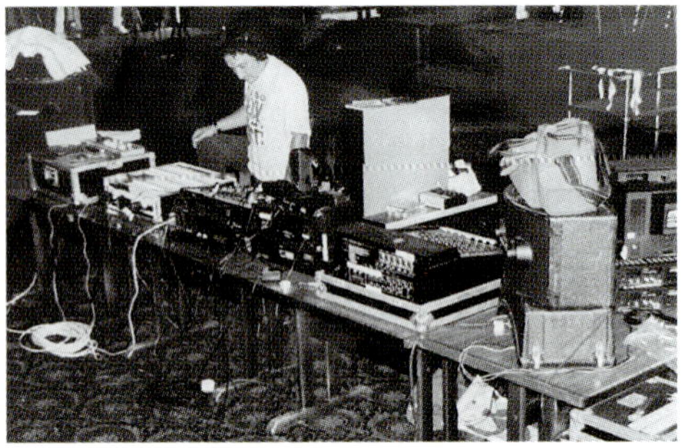

Coulisses de la vie quotidienne

Tout fait maison…

Sur une photo, on voit que je suis en train de couper les bandes-son. À cette époque-là, les CD n'existaient pas. Je faisais mes montages avec un ReVox, le son s'enregistrait sur des bandes magnétiques. Comme je suis un vrai autodidacte, j'effectuais mes propres montages, je créais mon matériel, ma musique, mes costumes.

… y compris les décors

On avait embauché le menuisier du village pour nous prêter main-forte. On fabriquait des tours dans les coulisses ou dehors, en fonction de la saison. Et moi, j'étais en permanence à côté pour vérifier que tout allait bien : le système, la machinerie, etc.

Le train-train du Royal Palace

Au Royal Palace, c'était comme dans une famille : Pierre Meyer avait aménagé de petites chambres, on vivait tous dans le music-hall et on mangeait ensemble. Je descendais le matin vers 7 heures et je restais jusqu'au soir dans la salle. Ça m'a permis de créer, d'inventer, de construire énormément d'illusions. À Kirrwiller, j'ai pu m'éclater dans la création, Pierre Meyer m'a fait confiance, c'était une époque formidable.

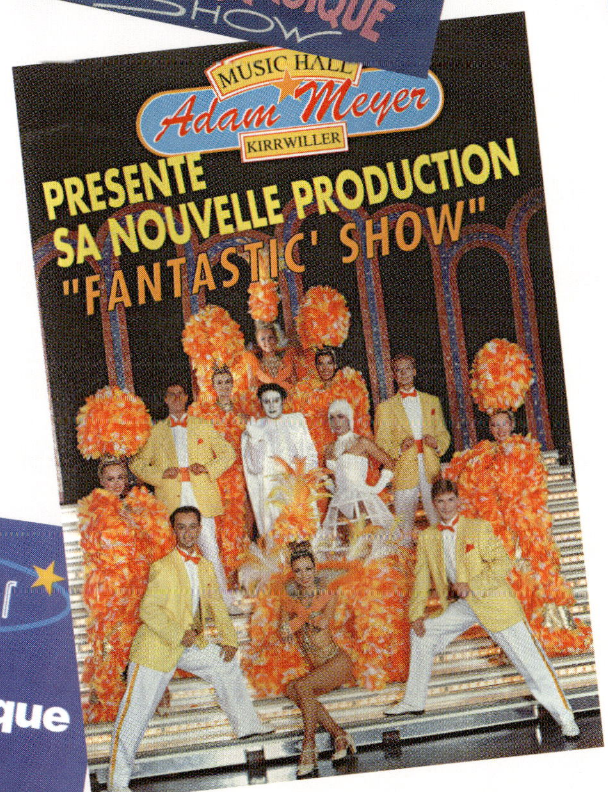

À gauche : mon arrivée à Kirrwiller avec tout le matériel que j'avais fabriqué exprès. | Pendant un mois, tous les jours, j'ai fait le tour du village avec le dromadaire qui figurait dans le tableau égyptien pour le dresser. | Installation de la régie pour le spectacle, c'est à dire des réglages sons et lumières. | Dans les loges avec Donata, une autre artiste du Royal Palace. | En costume pour le tableau de Blanche-Neige avec Arinda Klokke en sorcière.

À droite : différents programmes de mes années au Royal Palace. Sur les affiches, j'apparais entouré de multiples artistes de ce music-hall et de mes assistantes.

Dani Lary est le magicien de tous les scénarios, paré d'illusions, d'idées magiques, d'ébullition... Il est fantastique !

Pierre Meyer

À droite : moi avec Siegfried Fischbacher, du célèbre duo de magiciens Siegfried & Roy, et Pierre Meyer.

Le Plus Grand Cabaret du monde

À gauche : avec Patrick Sébastien lors de nos premiers plateaux télé ensemble.

Ma collaboration avec Patrick Sébastien

Ma collaboration avec Patrick Sébastien est née avec l'émission de divertissement *Ze fiesta !*, où j'intervenais une fois par mois. Puis France 2 lui a demandé de faire une émission spéciale Noël, qui s'est déroulée au Moulin Rouge ; c'est ainsi qu'est né *Le Plus Grand Cabaret du monde.* Forte du succès de cette émission, France 2 a passé commande de quatre autres émissions à Patrick. Au lieu d'aller chaque fois au Moulin Rouge, Patrick a eu l'idée de recréer le théâtre du Moulin Rouge à Bry-sur-Marne. On a réalisé les quatre émissions, puis on est passés à six et on a prolongé pendant un an… pour finalement fermer les portes du *Plus Grand Cabaret du monde* vingt ans plus tard.

Ce fut indéniablement une folle aventure, et probablement la plus belle et la plus grande expérience professionnelle de ma vie.
Aucune autre personne au monde que Patrick Sébastien n'aurait pu tenir les rênes de cette émission : c'est un découvreur de talents, il a le sens du spectacle et c'est lui-même un artiste.
J'ai un immense respect pour cet homme qui m'a donné ma chance.

L'artiste est doué, perfectionniste. L'homme est droit, généreux.

Patrick Sébastien

À droite : Avec Valérie dans la BugLary, un modèle de Bugatti que j'ai fabriqué à ma manière et fait apparaître sur scène !

Pembleton
LARY RACING TEAM
5
5

Isabelle dans la Water Torture Cell, un numéro d'évasion.

Aux origines du « Gloup »

L'illusionniste américain Harry Houdini (1874-1926), qui a emprunté son nom à Robert-Houdin, était le maître de l'escapologie. Il s'évadait de toutes sortes de manières possibles, d'une cuve à lait dont le couvercle était fermé par des cadenas ou d'un aquarium en verre où il était suspendu par les pieds. Lors de ses évasions de l'aquarium, il sortait la plupart du temps soit par le dessus soit par le dessous, ce qui pouvait laisser penser qu'il était passé par le couvercle.
Je trouvais cela fort, très fort, surtout pour l'époque – on était au début du XIXe siècle. Je me suis alors demandé : « Comment faire plus fort qu'Houdini ? Ce serait bluffant si j'entrais dans un aquarium et que j'en sortais par la paroi de devant. »
J'en parle alors à Stéphane Teinturier, avec qui je collaborais à l'époque sur la matérialisation de mes tours… En guise d'encouragement, il me répond qu'aucun système au monde ne permettra d'ouvrir une trappe, de sortir, de refermer la trappe, sans que l'eau se déverse partout.
Loin de me décourager, j'ai commencé à chercher un système, et j'ai eu une idée complètement irréalisable, parce que ça ne pouvait pas fonctionner mécaniquement parlant. Et c'est là que la complémentarité essentielle entre un technicien-ingénieur et un magicien produit des merveilles : Stéphane m'a apporté la solution mécanique, mais je ne vous dirai pas laquelle !
Ce tour a stupéfié les magiciens du monde entier, et, à ce jour, aucun d'entre eux n'a encore compris comment il fonctionne.

La magie en direct

Au *Plus Grand Cabaret du monde*, il n'y avait aucun trucage : l'émission que les téléspectateurs voyaient était à quelques virgules près la même que celle que l'on venait d'enregistrer, comme s'ils se trouvaient dans une salle de spectacle et non devant leur télévision.
Quand il y avait un changement de plateau, nous avions maximum trois ou quatre minutes pour installer le matériel afin qu'on soit dans la continuité du spectacle.
C'était non seulement stressant, mais aussi excitant d'être dans les conditions du direct !

Le mot-clé : réactivité !

Il est arrivé parfois que, lors des répétitions, certains numéros n'emportent pas les faveurs ou soient un peu similaires à ceux d'un autre invité. Il me fallait alors trouver une autre proposition, souvent à la toute dernière minute !
J'appelais donc à la rescousse mon fils, Albert, à 11 heures du soir : « Tu prends le camion, tu charges tel numéro et tu me l'apportes ! » De Romans-sur-Isère à Paris, il roulait toute la nuit pour arriver au petit matin afin que l'on puisse monter le matériel, répéter l'après-midi et jouer le soir.

À gauche, de haut en bas : moi entre Sergio, célèbre présentateur et meneur de revue, et Patrick Sébastien | Yan Mathieu, Copain, Valérie, moi, Carole Regny alias Marouchka. | Tous les artistes lors du final du *Plus Grand Cabaret du monde*, après vingt belles années. | Moi dans le très beau numéro du jardinier. | Avec Marouchka, Valérie et Yan Mathieu.

En haut à droite : mon entrée en scène pour le tour de la pierre tombale.

En bas à droite : l'apparition de la cage en feu avec, à gauche, Valérie Trial et, à droite, Vanessa Bigote.

Le diamant

J'ai eu idée de créer ce diamant géant pour faire apparaître Valérie, mon assistante, entourée de fleurs.

Mon secret : *le diamant semble vide grâce à un miroir au centre qui reflète la partie avant. Valérie, cachée dans la partie arrière, derrière le miroir, attendait mon signal pour sortir par le haut et s'asseoir sur le dessus !*

Ce système existe depuis très longtemps, je ne l'ai pas inventé, mais simplement adapté à un gros décor avec une esthétique qui allait avec le tour que je voulais présenter.
Je l'ai fabriqué avec Stéphane, qui a créé une plieuse à plexiglass pour donner la forme des faces au diamant, que j'ai toujours d'ailleurs !

Ci-contre en haut : le tour du diamant lors de l'émission.

Ci-contre au milieu : le trucage du diamant ! Celui-ci est divisé en deux par un miroir.

Ci-contre en bas : mon assistante, ici Manon Alabert, se cachait dans la partie invisible aux spectateurs.

Sur la page de droite : le croquis dévoilant le secret du tour.

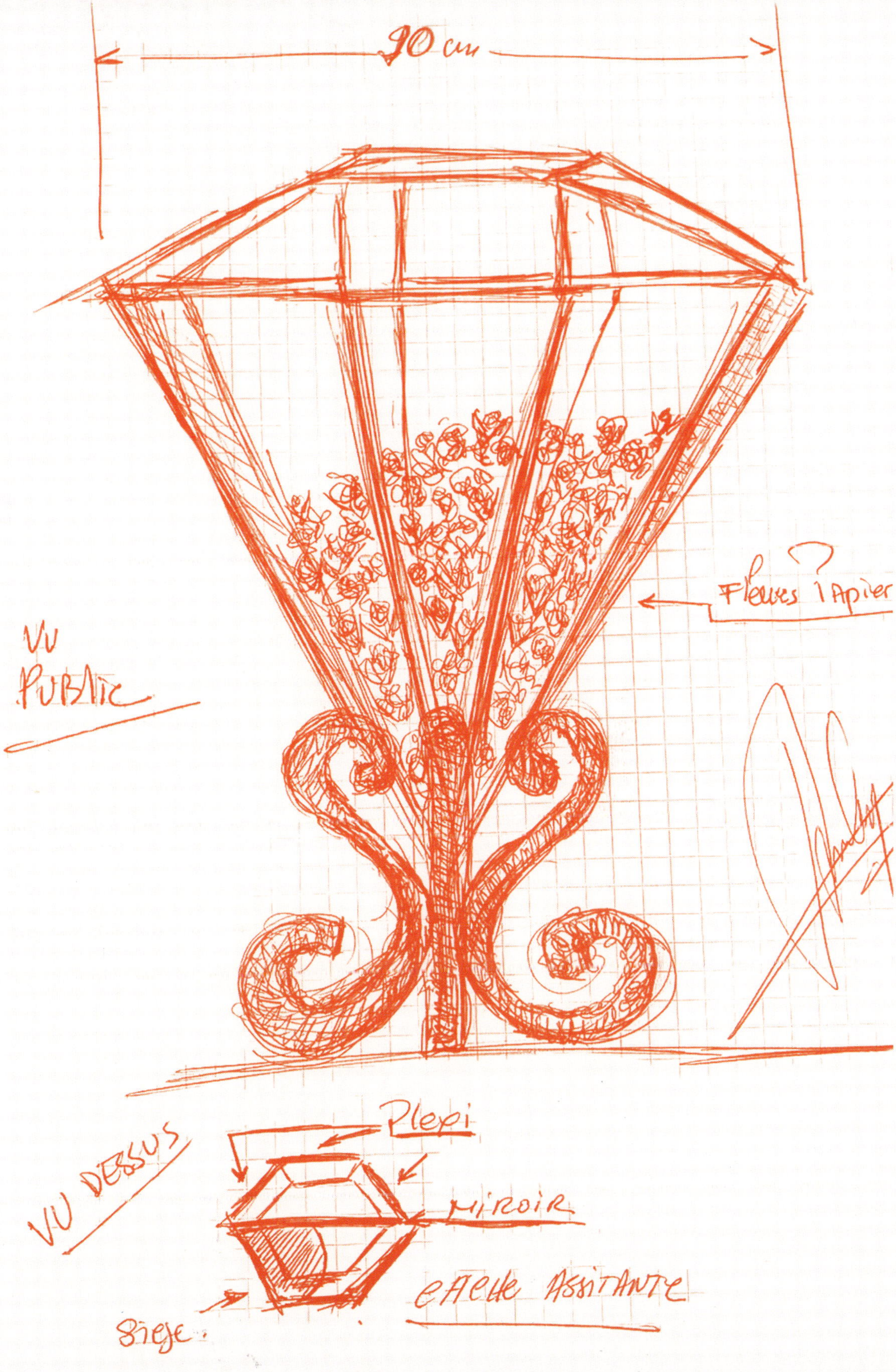
90 cm
Fleurs Papier
VU PUBLIC
Plexi
VU DESSUS
MIROIR
ECHELLE ASSITANTE
Siège

Les spectacles et comédies magicales

Illusion, tout n'est qu'illusion ! (2004)

À gauche : le tableau de la réincarnation avec mes assistantes, en rouge, Chantal Neils à gauche et Valérie Trial à droite, ainsi que mes danseuses, Marie-Jo, Vanessa et Rébecca.

C'est une sacrée chance qui m'a été offerte à l'époque : non seulement on me proposait de passer à Marigny, ce lieu mythique, à moi, un illustre inconnu… mais cet engagement portait sur soixante-dix représentations ! Pour ce spectacle, j'ai utilisé les décors du *Fantastic Show,* avec quelques inédits qui sont devenus des classiques de mon répertoire : le piano qui vole, la disparition de la voiture, la boule d'eau…

Deux mondes, deux visions artistiques

Pour le théâtre Marigny, j'avais sorti le grand jeu : j'avais investi dans des lumières automatiques pour moderniser le spectacle. Malheureusement, cela faisait trop ambiance « éclairage de discothèque » au goût de Robert Hossein. Avec l'aide de l'éclairagiste Jacques Rouveyrollis, j'ai dû trouver en urgence une solution pour éclairer le spectacle avec des projecteurs de théâtre traditionnels.
C'était comme la confrontation de deux mondes et de deux visions artistiques : d'un côté, Marigny, temple de théâtre, et de l'autre, moi, davantage inspiré par des revues et spectacles du show-business (ou *entertainment*) américain.

Avec les magiciens, ce qui paraît impossible paraît possible.

Robert Hossein

À droite : dans le tableau égyptien, je faisais apparaître trois filles sorties de la pyramide. Ici avec mes assistantes, de gauche à droite : Chantal Neils, Vanessa Bigote, Valérie Trial (dans la pyramide), Anne Charpentier et Rébecca.

Le Magicien de l'impossible ?
(2005)

Le Magicien de l'impossible ? est un spectacle qui constituait un mélange parfait entre la chanson et la magie : il y avait des musiciens en live sur scène, avec un batteur et une chanteuse d'opéra.
Ce spectacle était basé sur un enchaînement de tableaux magiques, chaque saynète ayant son propre décor, sa propre ambiance : Matrix, l'Égyptien, la crypte gothique, les années 1970, Magic Pop où je fais apparaître une 2 CV… Jack Dolle et ses danseuses étaient présents sur scène, tout au long du spectacle.
Et pour la première fois dans l'histoire de mes spectacles, il y avait des acrobates, notamment pour la battle du tableau Matrix.

À droite : avec Valérie Trial dans le tour de la malle explosive.

Le Château des secrets (2009)

Le Château des secrets est un spectacle dans la tradition des très anciens magiciens, avec les décors, la machinerie, les danseurs, les comédiens…
C'était ma première « comédie magicale », expression que j'ai inventée, car pour moi c'était vraiment l'amalgame de la comédie musicale et de la magie. C'était le prélude de ce qui allait donner ensuite *La Clé des mystères*.

« Le piano qui vole »

« Le piano qui vole » est un numéro que je fais depuis très longtemps ; c'est d'ailleurs l'un des premiers que j'ai présentés au *Plus Grand Cabaret du monde*.

Je n'en suis pas l'inventeur : le tour date des années 1900 et a été inventé par une fille qui s'appelait Oniap, qui est l'anagramme du mot « piano ». Au commencement, ce piano, qui était un piano droit, ne volait pas réellement : il décollait et se posait sur la scène aussitôt.

Ce que j'ai apporté, moi, c'est l'impression, la sensation qu'il flotte comme une feuille, sans être collé à un rideau de fond qui cacherait une machinerie. Le piano se trouve au milieu de la scène. C'est tellement spectaculaire, ce piano blanc, ouvert, qui flotte dans les airs avec le pianiste qui fait des loopings ! Cela a toujours été le rêve de l'être humain, de voler !

Alors que c'est un numéro très court qui dure juste trois minutes, c'est probablement celui que je fais le plus et que l'on me réclame le plus souvent, aussi. Ce piano a fait le tour de la planète, de la Chine aux États-Unis en passant par l'Afrique et même l'Australie.

L'émotion de la magie

Ce que j'aime, c'est terminer un spectacle par un tour de magie qui fait appel à l'émotion pure. Car c'est le public qui m'a amené à la comédie « magicale ». Au début de ma carrière, le public me demandait tout le temps : « Comment faites-vous pour faire voler le piano ? Comment faites-vous pour disparaître ? », etc., ce sont des questions que l'on ne se pose pas en sortant d'un film avec des effets spéciaux, tel que *Superman*…

Or, je souhaitais que les gens oublient cette part de technique pour venir profiter d'un moment à part, d'un voyage magique. Le « final de la neige », par exemple, est un tour qui, techniquement, reste simple en matière d'exécution, mais qui transmet une telle émotion que j'ai parfois vu des gens pleurer… Pour moi, le pari était gagné !

En haut : mon célèbre tour du piano volant.

En bas : le tour de l'homme sans milieu, avec Vanessa Bigote.

La Clé des mystères (2011)

J'ai eu l'idée du spectacle *La Clé des mystères* alors que j'avais pour projet d'acquérir la maison du comte du Bois des Naix, qui a vécu dans ma ville, Bourg-de-Péage. D'après le propriétaire, la demeure était frappée d'une malédiction : le comte s'était marié très tardivement et sa femme était morte le jour de leurs noces.
Dans le spectacle, je jouais le rôle du comte et je racontais comment, une fois tous les cent ans, les fantômes du château en sortent pour fêter cette journée de noces qui n'a jamais eu lieu. C'est pour ça que le show commençait dans le cimetière.

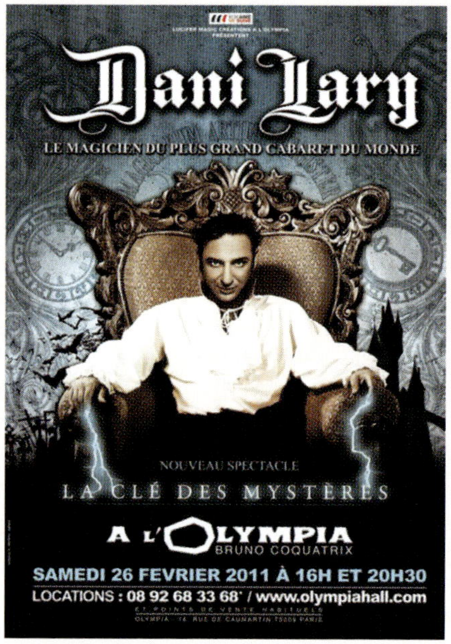

J'ai toujours le trac avant d'entrer en scène. Un magicien, quand il rate son tour, c'est l'éclat de rire général…

Pensée…

Quand j'ai vu les fameuses lettres de mon nom, Dani Lary, écrites en rouge sur la devanture de l'Olympia, j'ai pensé très fort à mon père. Il me faisait souvent cette blague, avec son accent pied-noir : « Mon fils, tu veux passer à l'Olympia ? Tu feras comme tout le monde : tu passeras devant l'Olympia ! »
Pour la première, ma maman était assise dans la salle. J'avais laissé la place à côté d'elle inoccupée, volontairement, pour mon père, qui malheureusement nous avait déjà quittés. Ce fut un moment très fort en émotion…

Le corbillard

À un moment du spectacle, j'avais besoin d'une boîte pour faire disparaître trois filles et faire apparaître Copain, mon fidèle partenaire. Mais je ne voulais évidemment pas d'une boîte banale. Comme je mets toujours l'accent sur les accessoires de magie, c'est ma manière de rendre hommage à Robert-Houdin, je me suis dit : « Que puis-je faire pour rester dans l'esprit de Robert-Houdin ? Un corbillard ! C'est gothique comme j'aime et dans l'esprit du spectacle. »

De haut en bas : la femme sans corps. | Avec Copain et Elena dans le tour de lévitation. | Avec Copain et un enfant du public pour le tour du verre spirit.

Copain, moi, Valérie Trial et « Toto » dans l'apparition du cercueil.

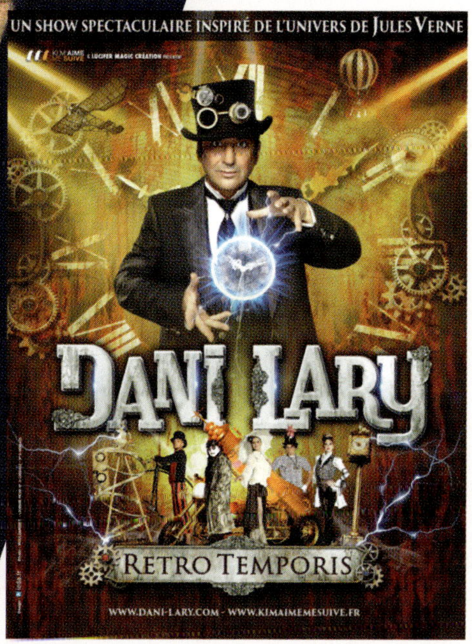

À gauche : avec Caroline Descamps dans le tour de la *shadow vision.*

Doubles pages suivantes : à gauche, avec Copain dans l'apparition de Jules Verne. À droite : avec Copain et Valérie dans le tour de la téléportation. | Pour le final du spectacle, j'ai fait apparaître une locomotive ! Je suis le premier et le seul magicien au monde à avoir réalisé cet exploit !

Retro Temporis
(2015)

Retro Temporis, c'est une déclaration d'amour à la tour Eiffel et un hommage à cette incroyable période que fut la révolution industrielle, des sujets qui me fascinent depuis toujours.
Retro Temporis fut le plus grand « show de magie » d'Europe. C'est le premier spectacle de magie à avoir rempli le Zénith de Paris !

La pieuvre

La pieuvre qui s'attaque au *Nautilus* dans le roman *Vingt Mille Lieues sous les mers* m'a énormément marqué. J'ai donc décidé de faire apparaître une pieuvre géante sur scène. Elle était pourvue de tentacules de treize mètres, des appendices géants gonflables qui envahissaient le public et qui s'allongeaient jusqu'au quinzième rang de la salle au moins.
Les spectateurs se battaient avec, les enfants étaient en extase et surexcités de les combattre, c'était un des grands moments du spectacle !

GUICHET N°9
5815

Tic-Tac (2020)

Tic-Tac, c'est le temps qui passe. Je me mets en scène à travers des tours emblématiques de ma carrière et je raconte des anecdotes qui ont jalonné mon parcours.
C'est un peu une autobiographie scénique, ma vie racontée au travers de mes tours les plus emblématiques ou les plus spectaculaires… Cette fois, je n'incarnais plus un personnage mais mon propre rôle, comme dans les comédies « magicales ». Ce spectacle fut une rétrospective de ma vie de magie.

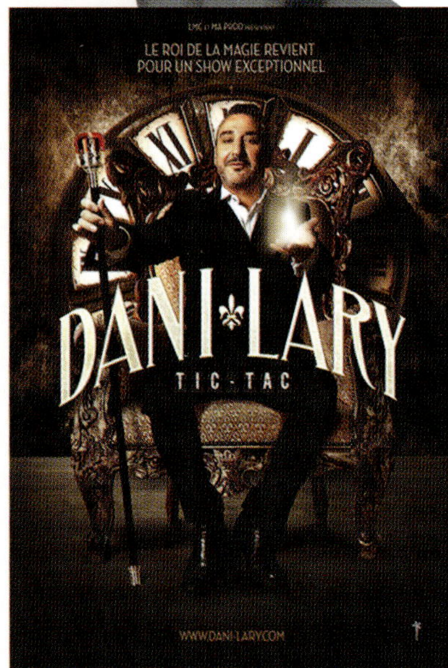

Un hommage à Robert-Houdin

Tic-Tac, c'est également un hommage à Robert-Houdin, qui fut aussi horloger. Lorsque j'ai hérité des six cents livres de sa collection, que m'a offerts son arrière-petite-fille, il y avait une montre à gousset dans les cartons, c'était celle de Robert-Houdin. Cette montre, je l'ai jalousement gardée, et elle m'a porté bonheur.

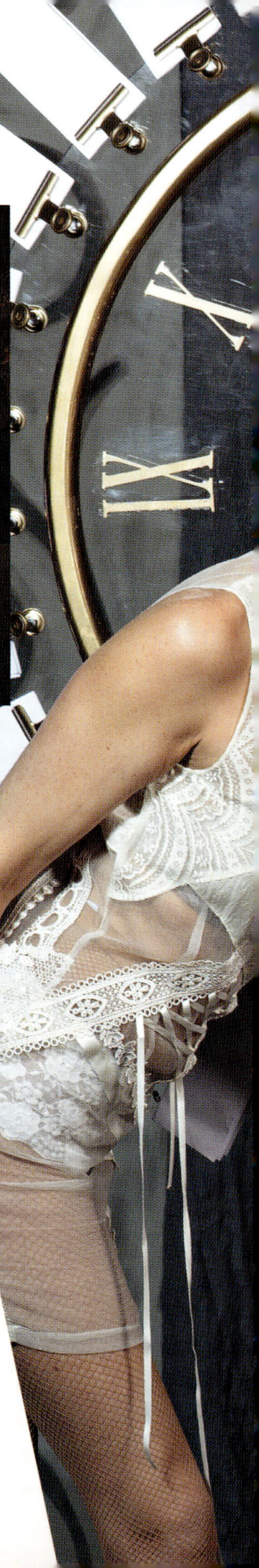

À droite : avec Valérie Trial, Caroline Descamps et Andéa Sammouth pour le shooting de la campagne publicitaire de la tournée *Tic-Tac.*

Double page suivante : j'étais tellement obnubilé par mon spectacle que je me suis fait tatouer une horloge sur l'avant-bras droit, avec les lettrages de l'affiche…

ROBERT HOUDIN

82

À gauche : Albert et moi adorons explorer un registre comique sur scène !

Double page suivante : à gauche, moi dans la prédiction du juke-box. À droite, avec Albert dans le tour du T-cut.

J'y joue mon propre rôle, pas celui d'un comte ou d'un inventeur comme précédemment : il y a de réelles références et des clins d'œil à notre relation père-fils dans la vie de tous les jours… C'est assez drôle, pour nous aussi, de pratiquer cet exercice !

Comment faire disparaître son père ? (2023)

Mon tout nouveau spectacle est une aventure artistique inédite avec mon fils. Cette pièce de théâtre magique s'intitule : *Comment faire disparaître son père ?*

Les gens ne m'attendent pas dans ce registre. Dans l'histoire de la magie, il y a eu des duos de magiciens sur scène, mais jamais un père et son fils ; il y a eu des lignées, mais en aucun cas en même temps. C'est génial d'avoir la chance de vivre cela !

Une autre particularité de ce spectacle, c'est qu'il emprunte également aux codes du théâtre des dialogues, de l'humour… une pièce de théâtre magique, en somme.

FRANCK SINATRA
NEW YORK

Une logistique démentielle

Les spectacles nécessitent une énorme organisation logistique et technique. Par exemple, *Retro Temporis*, c'était, sur la route, cinq semi-remorques, quarante-huit personnes, cinq tour-bus, une locomotive qui apparaissait sur scène, deux décors différents de sept mètres de hauteur changés en vingt minutes pendant l'entracte…

À gauche, de haut en bas : moi au milieu de décors emblématiques, aux Ateliers magiques. | Au Maroc. | Un des camions de tournée. | Maude, de la régie générale, lors de la tournée *Tic-Tac*. | Le tour-bus de l'équipe Dani Lary.

À droite : j'ai eu jusqu'à cinq semi-remorques tels que celui-ci pour transporter tout le matériel de mes spectacles ! Une véritable caravane… Ici avec Didier, notre chauffeur à côté de ses fameux sièges imprimé panthère, mes assistantes Virginie et Valérie, ainsi que Sylvain, technicien.

présente
the GREAT MAGICIAN

Carrière internationale

Si je n'avais pas été magicien, jamais je n'aurais autant voyagé, car je n'aurais jamais pu me payer des billets d'avion à l'âge que j'avais avec un métier lambda. Parfois, le billet d'avion coûtait plus cher que le cachet que je demandais pour jouer… Je ne me rendais cependant pas compte de la chance que j'avais de pouvoir voyager gratuitement dans quasiment tous les pays du monde. Indonésie, Japon, Liban, Tunisie, Belgique, Russie, États-Unis, Italie… C'était une chance incommensurable et un honneur de me dire que si on payait le voyage pour que je me produise en spectacle, c'est qu'aux yeux de ceux qui m'embauchaient, il n'y avait pas d'équivalent à mon travail dans leur pays.
J'ai eu de très belles propositions, notamment aux États-Unis et à Dubaï, mais j'ai toujours gardé mes racines dans la Drôme, ce département auquel je suis particulièrement attaché. J'ai décidé d'y rester et d'apporter de la magie à toute la région.

La Lune et l'étoile

Le Festival mondial de la magie organisé en Algérie en 1982 a été mon premier contrat international. Il avait lieu au théâtre de verdure de Sidi Fredj. Lorsque nous sommes arrivés au théâtre, en portant ma lune de Pierrot qui faisait trois mètres de haut, tout le monde s'est levé et a commencé à hurler. Puis, petit à petit, les gens se sont rassis. Et moi, j'ai fait mon numéro, avec néanmoins beaucoup d'inquiétude. À l'entracte, le Premier ministre algérien est venu me voir et m'a dit : « Quel honneur vous nous avez fait ! » Comme je ne comprenais pas où il voulait en venir, il a insisté : « Mais si, le drapeau, voyons. » La Lune et l'étoile que je faisais apparaître sont les symboles du drapeau algérien…

À droite : les affiches de mes spectacles au Casino du Liban, à Stuttgart, et de *La vie en rose*, à Berlin.

Berlin, 1989…

Berlin a marqué un tournant très important dans ma vie : c'était la première fois, avant Kirrwiller et le reste, que j'étais la vedette d'un spectacle, dans un petit cabaret de quatre cents places qui s'appelait *La Vie en rose*.
Je suis resté deux ans là-bas.
Un jour, alors que j'étais en plein spectacle, un homme est entré en trombe et a crié quelque chose en allemand que je n'ai pas compris.
Là, tout le public s'est levé d'un coup et a quitté la salle.
« Mais attendez, j'ai pas fini ! Qu'est-ce qui se passe ?
– Ça y est, ils ont cassé le mur de Berlin ! »
Les gens avaient commencé à faire tomber le mur avec tout ce qu'ils avaient sous la main : des barres, des outils, etc.
Quand je suis arrivé près d'eux, ils étaient en train de se serrer la main à travers le mur. C'était surréaliste et tellement émouvant…

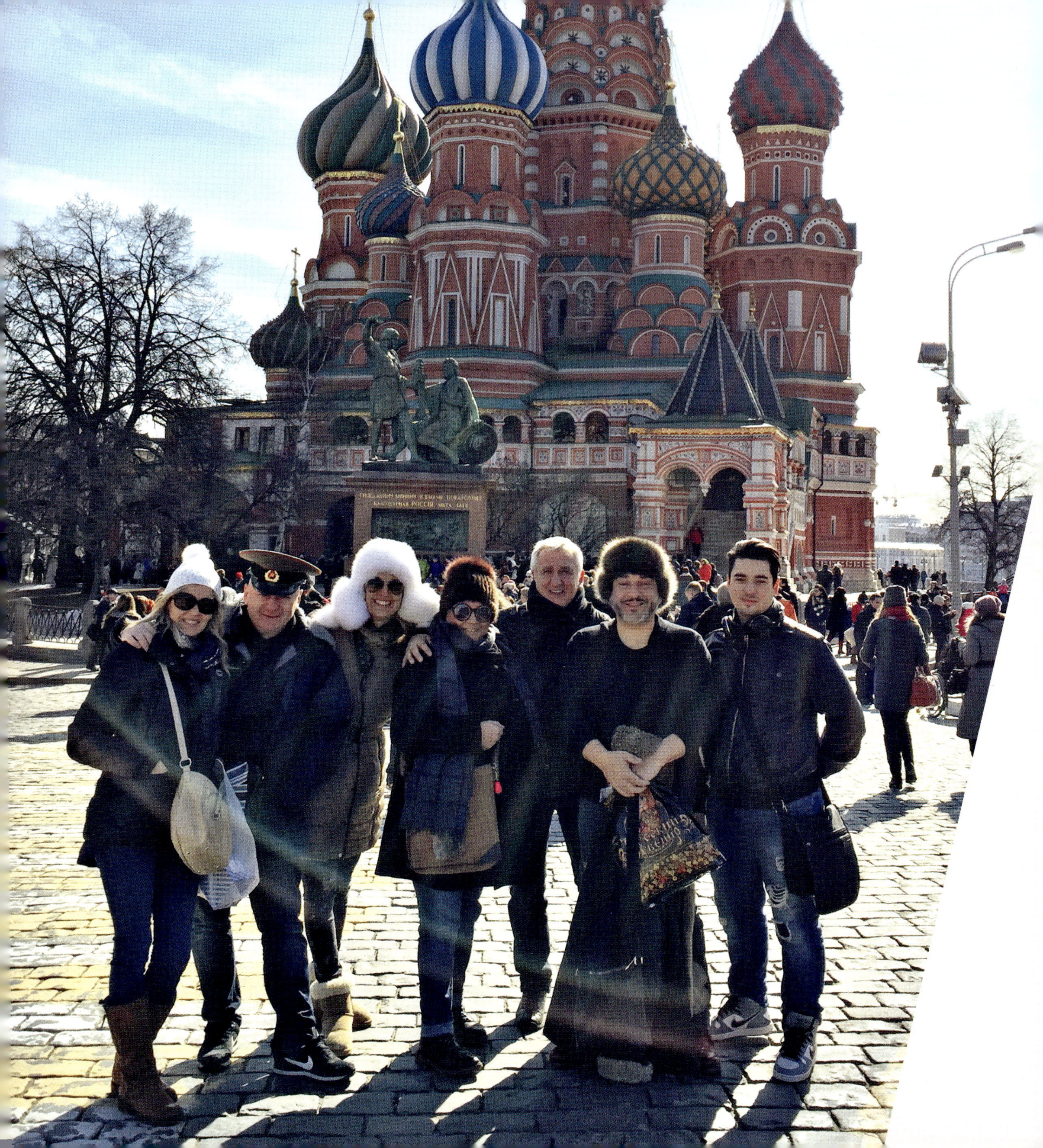

Le Kremlin, Moscou (2016)

Un jour, j'ai reçu une commande très particulière par l'intermédiaire d'une agence : un spectacle de magie au Kremlin, à Moscou, pour l'anniversaire des 50 ans de la mort de Youri Gagarine. La consigne était de présenter uniquement des éléments qui volent : une boule, une table, un piano, évidemment.

Comme le spectacle se tenait dans la salle du théâtre du Kremlin et que le président Poutine siégeait au premier rang, je vous laisse imaginer la durée du protocole de sécurité…

Au moment où je suis entré en scène, j'ai même aperçu deux snipers en haut du balcon, à droite et à gauche, avec leurs fusils braqués sur moi. Quel artiste serait capable d'exécuter un numéro sereinement et naturellement dans ces conditions ? Quand j'y repense aujourd'hui… quelle angoisse !

À gauche : de gauche à droite, Valérie, Copain, en civil (Éric Doskocil), Caroline Descamps, ma sœur Monique, Christian Ruiz alias Kiki, moi et mon fils Albert, devant la cathédrale Saint-Basile, en 2016.

À droite de haut en bas : Avec Copain, Albert, Andéa et l'équipe du Festival de la magie, en Chine. | André Sanlaville et sa fille, Paty Bad, moi et Roseline. | Affiche de la tournée en Russie.

Collaborations et amitiés

À gauche : à Kirrwiller, le *Fantastic Show* a atteint une telle renommée que, en 1994, Siegfried & Roy, les plus grands magiciens de Las Vegas, ont fait le déplacement pour venir me voir. Ainsi, j'ai fabriqué pour eux un tour : la boule d'eau.

Chose inévitable dans mon métier, en créant systématiquement de nouveaux tours pour la télé, j'ai été contacté par d'autres magiciens : Siegfried & Roy en 1994, Hans Klok en 2007, Aaron Crow en 2013, Joe Labero en 2015…
Je suis très heureux d'ailleurs d'avoir échangé avec de jeunes magiciens talentueux tels Éric Antoine, Léo Brière, Zack & Stan, Gus et bien d'autres, dont je suis avec intérêt l'évolution depuis leurs débuts.
J'ai également collaboré avec d'autres artistes ou me suis produit sur des plateaux d'émissions de télévision : *La Cauetidienne* et *La Méthode Cauet* utilisaient mes illusions pour lancer des défis au célèbre animateur, la *Star Academy*, *The Voice*, *Mask Singer*…

De même, j'ai coopéré avec des réalisateurs et des metteurs en scène pour créer de nombreux décors et effets magiques pour divers spectacles, films, etc. : Kamel Ouali pour la comédie musicale *Dracula*, Claude Chabrol, Gaël Morel, Didier Long pour la pièce *Equus*, le Crazy Horse, qui m'a demandé un rideau magique pour faire apparaître des danseuses, la comédie musicale *Aladdin*, le film *Le Choc des Titans* qui a profité du match de rugby du Top 14 au Stade de France pour faire sa promotion (j'ai fait apparaître douze chevaliers et un cheval au milieu de la pelouse !), etc.

L’esprit sans arrêt sur le qui-vive, Dani Lary est un artiste complet, qui s’inscrit dans la lignée des plus grands. La magie l’a marqué depuis longtemps, en réponse il a marqué notre art.

Éric Antoine

À droite : la préparation du colis pour faire transporter le numéro de la boule d’eau du Royal Palace à Las Vegas pour Siegfried & Roy.

TRES FRAGILE
TRES FRAGILE
DEST.
SIEGFRIED & ROY
THE

LOUEZ, C'EST
2 FOIS MOINS
MONTREUIL
CROIX DE CHAVAUX

Chabrol

Claude Chabrol m'appelle un jour, il voulait un tour hyper-basique : « la femme coupée en deux dans une boîte ». Je lui dis que je n'ai pas ce tour, car je le trouve ringard, mais que, par contre, j'ai une scie électrique géante qui peut découper quelqu'un. En voyant l'effet, Chabrol a été tellement bluffé que c'est devenu le final de son film *La Fille coupée en deux.*

L'inauguration de la maison de la Magie Robert-Houdin, à Blois (1998)

Jack Lang, qui à l'époque était ministre de la Culture et maire de Blois, m'a sollicité pour inaugurer la maison de la Magie, qui venait d'être créée à Blois en hommage à Robert-Houdin. Lang était un invité régulier du *Plus Grand Cabaret du monde* et il adorait ce que je faisais, m'appelant même « la réincarnation vivante de Robert-Houdin ».
L'organisation de l'inauguration a nécessité des travaux colossaux pour faire entrer tout mon matériel dans la salle, car j'avais vu les choses en grand. On a dû louer une grue de quarante mètres de haut pour descendre le matériel, telle une boule d'eau de deux mètres de diamètre qui pesait quatre tonnes ; et il a fallu faire renforcer la scène !
Puis les célébrations ont duré un mois ; chaque soir, je donnais un spectacle, ça a été un moment incroyable.

En haut à gauche : la statue de Jean-Eugène Robert-Houdin, à la Maison de la magie.

En bas à gauche : le jour de l'inauguration, j'ai fait léviter Jack Lang pendant qu'il faisait son discours.

Ci-contre : au château de Blois, on a dû faire entrer mon matériel par une trappe sur la place car il ne passait pas par les portes.

Johnny Hallyday au Stade de France (1998)

La première fois que j'ai eu Johnny Hallyday au téléphone – Christian Fechner avait donné mon numéro à Jean-Claude Camus, le producteur de Johnny –, j'ai cru que c'était une blague de mon copain Dédé, qui l'imite tout le temps. Ça a donné une conversation surréaliste : « Allez, Dédé, fais pas chier, j'ai pas le temps, ai-je râlé.
– Non, non, c'est vraiment Johnny à l'appareil, c'est Christian Fechner qui m'a donné votre numéro. »
Là, je me suis rappelé que Dédé ne connaissait pas Fechner.
« C'est Johnny Hallyday, le chanteur, que tout le monde connaît ?
– C'est ça. Mais c'est pas grave, ça m'arrive tout le temps. »
Il souhaitait avoir des effets spéciaux pour son spectacle au Stade de France, et j'ai préparé plein de grandes illusions. Le jour du concert, malheureusement, on s'est pris une pluie diluvienne. Le concert a été annulé et reporté à la semaine d'après… Le problème, c'est que mon matériel avait été inondé. En une semaine, il était impossible de tout refaire, donc le concert de la semaine suivante a eu lieu avec une version moins grandiose que ce qui était prévu.

Holiday on Ice (2007)

En 2007, Philippe Candeloro m'a embauché pour participer à *Holiday on Ice* : je devais couper la tête de Pierre Bellemare, pendant que Nelson Monfort commentait. La difficulté n'a pas tant été de faire le tour de magie, mais d'arriver au milieu de la piste ! En effet, je ne savais pas patiner… Heureusement, Philippe Candeloro m'avait donné quelques cours. J'ai appris uniquement pour participer à ce spectacle.

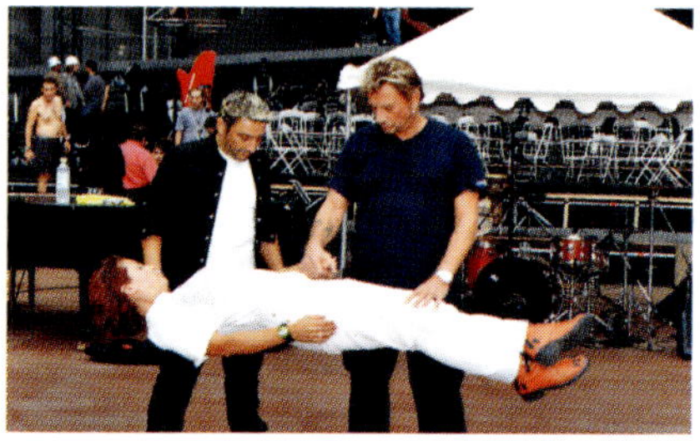

Lors du concert, Johnny devait faire léviter Isabelle jusqu'à 1,20 mètre au-dessus du sol. La pluie en a décidé autrement…

Equus au théâtre Marigny (2008)

Le metteur en scène Didier Long, qui préparait des représentations d'*Equus* au théâtre Marigny, m'a appelé un jour en me disant : « Dani, j'aimerais bien que tu me fabriques un cheval mécanique. » Cette demande concernait une scène où l'acteur monte sur un cheval, ce qui impliquait de fabriquer un cheval mécanique, avec des rouages, qui galope. Ça allait coûter un bras ! La nuit suivante, à 4 heures du matin, une idée m'est venue : j'allais fabriquer un cheval invisible.

Au début de la scène, l'acteur mimait qu'il caressait un cheval – jusque-là, je ne suis pas intervenu. Puis il levait le pied pour le mettre à l'étrier, qu'il tenait en fait dans le vide, pour monter sur le cheval invisible et semblait s'asseoir dessus : c'était un tour de lévitation ! Tout à coup, l'acteur effectuait un mouvement et on entendait le bruit du cheval au galop.

On avait installé un soufflant dans les coulisses pour faire flotter au vent les cheveux de l'acteur. Ensuite, il attrapait son copain et le mettait en croupe derrière lui sur le cheval imaginaire, tous deux en lévitation avec le bruit du cheval au galop.

« C'est la première fois qu'en plein milieu de la pièce, les gens applaudissent et se lèvent ! » a dit Didier Long après la première représentation.

Le gala de l'Union des artistes (2016)

En 2016, j'ai collaboré avec la chanteuse Anggun pour le numéro final de l'émission du gala de l'Union des artistes, au Cirque d'hiver Bouglione. Ce fut un véritable bonheur de travailler avec elle. Je l'ai coupée en deux, en trois, je l'ai mise dans des boîtes… On a bien rigolé ! Lors de ce gala, j'ai eu la chance de mettre en scène de nombreuses personnalités à travers différents tours sur le thème de *La Famille Addams :* Anggun, Baptiste Giabiconi, Vanessa Guide, Caroline Vigneaux, Patrick Poivre d'Arvor. Un magnifique souvenir qui est devenu le final de l'émission !

De haut en bas : Marianne James était la fabuleuse présentatrice du gala. | Avec Anggun, lors de la répétition aux Ateliers magiques. | Caroline Vigneaux. | Anguun se faisant découper en trois lors du spectacle, avec Andéa Samouth, Albert Lary et Bruno Lamballais.

Il m'épate, il m'épate, il m'épate ! Dani Lary est un homme incroyable et pourtant toujours resté simple. Bravo, l'artiste !

Jean Regil

Cherif (2019)

En 2019, je reçois un coup de fil d'un assistant accessoiriste qui cherchait des tours de magie pour le tournage d'un épisode de la série *Cherif*, sur France 2 : l'histoire d'un magicien nommé Artemus, dont l'épouse meurt lors d'une répétition…
Lorsqu'il est venu dans mon atelier faire son marché, il a été tellement époustouflé par les lieux, les décors et les tours qu'il a fait venir le réalisateur. Au final, le tournage a eu lieu sur place, j'ai été choisi pour jouer le rôle du magicien et ma fiancée de l'époque, Andea, celui de l'épouse assassinée !

De gauche à droite : tournage de la série *Cherif* aux Ateliers magiques. | Avec Abdelhafid Metalsi, l'acteur principal. | Avec Jean Regil et Claude Chabrol.

Jean Regil

J'avais environ 13 ans lorsque j'ai assisté à un spectacle de Jean Regil, à Lyon. Ça me gonflait un peu, les tours de cartes, de colombes, de petits foulards… Je voulais du spectaculaire. Et quand j'ai vu ce qu'il faisait, j'ai su que c'était cette magie-là que je voulais faire. C'était le premier magicien français à faire de la grande illusion : il coupait une femme en deux, il faisait de la lévitation, etc.
Lorsqu'on s'est rencontrés, à l'issue de ce spectacle, il a vu que j'avais les yeux qui brillaient, que j'étais créatif, et on a vite sympathisé. Il m'a toujours aidé, et aujourd'hui encore, quand j'ai une idée je l'appelle. Chaque fois, il me dit : « Mais où tu vas trouver tout ça ? »
En remerciement, je lui ai offert des illusions que j'avais fabriquées.
Sachant qu'il n'avait jamais assisté au *Plus Grand Cabaret du monde*, je lui ai demandé de présenter le « Gloup », mon numéro d'évasion dans l'eau, la dernière fois que je l'ai effectué dans l'émission. Il a fait ça merveilleusement bien, parce qu'il connaît toute l'histoire de la magie, et c'était un bonheur d'être tous les deux sur scène.

Les Ateliers
magiques

À gauche : dans l'apparition du caveau.

Double page suivante : la salle de spectacle des Ateliers magiques, à Barbières.

Les Ateliers magiques, c'est mon Zénith à moi, un lieu de création : on y trouve une salle de répétition, une salle de spectacle, un musée de la magie où sont entreposées beaucoup de mes illusions, et un véritable atelier pour construire du matériel. Cela reste artisanal et très personnel.
Je souhaitais d'une certaine manière inviter les gens chez moi, d'où cette appellation « Les Ateliers magiques de Dani Lary », qui nous est venue tout naturellement, à Andea et moi.
Pourquoi « fondé en 1958 » ? Évidemment, c'est une blague : ni la salle ni les ateliers n'ont été créés il y a si longtemps ! C'est un petit clin d'œil à ma date de naissance !

Un chantier titanesque

Après vingt ans au *Plus Grand Cabaret du monde*, je me suis retrouvé avec quatre cents numéros créés et un matériel considérable à stocker. Dans mon atelier de Bourg-de-Péage, qui faisait pourtant deux mille mètres carrés, on ne pouvait plus faire entrer ne serait-ce qu'une boîte d'allumettes. Un jour, la mairesse me dit : « Il y a une usine à vendre à Barbières, elle va être démolie. » Mais lorsque je suis entré dans le bâtiment, qui était pourtant immense, je me suis aperçu qu'il y avait un faux plafond à une hauteur de quatre mètres ; or, certains décors mesurent plus de six ou sept mètres. Au-dessus du faux plafond se trouvait une structure prétendument « incoupable et intransformable ».
Malgré tout, pendant six mois, je me suis improvisé charpentier. En m'inspirant des Romains, qui étaient les plus forts en fabrication des structures d'arcades, j'ai commencé à imaginer des poteaux au milieu du bâtiment et des voutes pour le consolider. Petit à petit, avec des copains et mon fils, nous avons tout fabriqué nous-mêmes, c'était un chantier titanesque !

GUICHET N°9
GRANDES LIGNES
CONSIGNE
QUAI N°3

PIN UP
Garage
BICYCLE
5815

GARE

Unique
MONDE
ENTRESORTS
FABULEUX

Inspirations

Comme je suis un grand admirateur de Gustave Eiffel et que j'ai eu la chance de travailler au théâtre de la tour Eiffel il y a quelques années, j'ai imaginé une construction qui me ressemblerait : les Ateliers sont inspirés des constructions d'Eiffel et du musée Grévin.

La loco des Ateliers magiques

Lorsque nous avons voulu faire entrer dans les Ateliers magiques la locomotive utilisée pour le final de *Retro Temporis,* il manquait deux millimètres pour qu'elle passe ! Nous avons dû découper le plafond des ateliers ainsi que l'entrée à la disqueuse. Aujourd'hui, elle trône dans les Ateliers magiques. Elle est toujours aussi magnifique…

À gauche de haut en bas : le hall d'entrée de la salle. | L'entrée de la loco. | Même l'entrée des toilettes bénéficie d'un magnifique décor : celui des entresorts, un tour que j'avais créé pour *Le Plus Grand Cabaret du monde*.

Au milieu et à droite : la transformation de l'ancienne usine de textile en salle de spectacle et atelier a fait l'objet d'un chantier titanesque (voir p. 103) ! | À la soudure, mon ami Michel Stenger.

La bibliothèque de Robert-Houdin

En 1984, la baronne Inès Reille, arrière-petite-fille de l'illustre Jean-Eugène Robert-Houdin, m'avait fait un cadeau d'une valeur inestimable : sa collection de livres de magie !
Un jour, dans l'un de ces livres, j'ai trouvé une lettre manuscrite qui m'a semblé m'être adressée : « Moi, Jean-Eugène Robert-Houdin, révèle le secret de la téléportation des mouchoirs, afin que le magicien héritier de cette lettre puisse l'exécuter après ma mort. »
J'ai bien évidemment reproduit ce tour et j'ai également créé une bibliothèque de trois mètres de haut représentant les six cents livres de magie dont j'avais hérité. Cette bibliothèque est aujourd'hui exposée dans mes Ateliers magiques.

À droite : vous pouvez déceler la touche d'humour de Luc Mazan, mon peintre, qui a glissé dans les titres des livres ou le nom de leurs auteurs des clins d'oeil à toute mon équipe et à notre région : un ouvrage intitulé *Dans le château des secrets*, par un certain D. Lary, un autre intitulé *La Charrette* (en hommage au restaurant où j'ai fait mes débuts), un autre encore prétendument écrit par Copain, etc.

Le Bois des Naix
LE DRAGON
Albert Bittoun
Galigraphy

FACTURES EN RETARD
FACTURES EN RETARD

DANS LE CHÂTEAU DES SECRETS I
D. LARY
DANS LE CHÂTEAU DES SECRETS II
D. LARY
LE ROMAN DE LA RAVIOLE

LA CHARETTE I
LA CHARETTE II

À droite : ma 203 cabriolet, que j'ai achetée quand j'avais 19 ans. Elle est aujourd'hui dans ma salle de spectacle quand je ne roule pas avec.

La magie des décors

La plupart des personnes qui viennent dans la salle des Ateliers magiques demandent d'où viennent ces décors. La vérité, c'est que ce sont uniquement ceux de mes tours de magie – enfin, une grande partie, car il y en a plus de quatre cents… Le reste est stocké dans une autre partie des Ateliers non ouverte au public.
C'est une décoration qui change perpétuellement en fonction des tours que j'utilise pour mes spectacles en cours, ceux présents sur des plateaux télé ou dans d'autres salles de spectacles pour des numéros de magie.

SHELL
BICYCLE

D'où viennent mes idées ?

Comme je l'ai déjà évoqué, j'ai toujours aimé et voulu faire de la grande illusion, et tout ce que j'observe autour de moi au quotidien me sert d'inspiration pour mes spectacles. En fait, je suis tellement passionné par mon art que, même lorsque je ne suis pas sur scène, la magie anime ma vie : en jouant avec mon chat, lors d'un dîner avec des amis, en réunion… Et dans ces moments-là, un simple bouchon de liège ou même une banane deviennent les fabuleux accessoires d'un mini-spectacle !

« Ne cherchez pas à comprendre, il n'y a que le rêve ! »

Quand j'ai une idée dans la tête, je m'endors en y pensant et le rêve prend la suite. L'imaginaire va plus loin. J'ai toujours un petit carnet sur ma table de nuit, et souvent, vers 4 ou 5 heures du matin, entre le rêve et le réveil, je me lève et je dessine, je note quelques idées. Très souvent, j'invente les tours de magie la nuit.
Quand on me qualifie de génie pour mes inventions, j'appelle cela le « génuit ».

Le tour des deux pyramides

Le tour des deux pyramides, c'est un tour qui n'a jamais vu le jour : j'entrais dans une pyramide, mon assistante dans l'autre et on enlevait les escaliers. Évidemment, comme je suis plus lourd, la pyramide penchait de mon côté. Et tout à coup, elle penchait de l'autre côté, on ouvrait et on découvrait que j'étais passé de l'autre côté. Mais je ne l'ai jamais fabriquée, car je n'ai jamais réussi à équilibrer le système de manière imparable.

À droite : croquis du tour des deux pyramides.

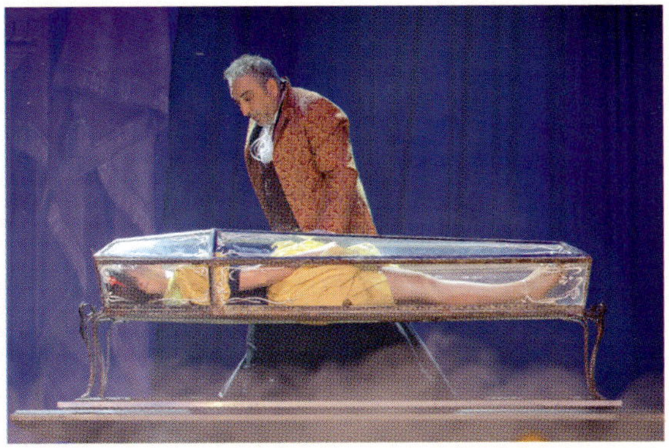

« Blanche-Neige », Fantastic Show (1995)

Le tour de Blanche-Neige a été créé pour le Royal Palace à Kirrwiller. On m'avait demandé un tour pour le nouveau spectacle de Noël ; le but était de faire rêver les enfants. J'ai eu l'idée de mettre en scène un conte, et Blanche-Neige était pour moi le plus joli. Je l'ai depuis remis au goût du jour dans ma propre salle de spectacle et je fais toujours rêver les enfants, de 7 à 77 ans…

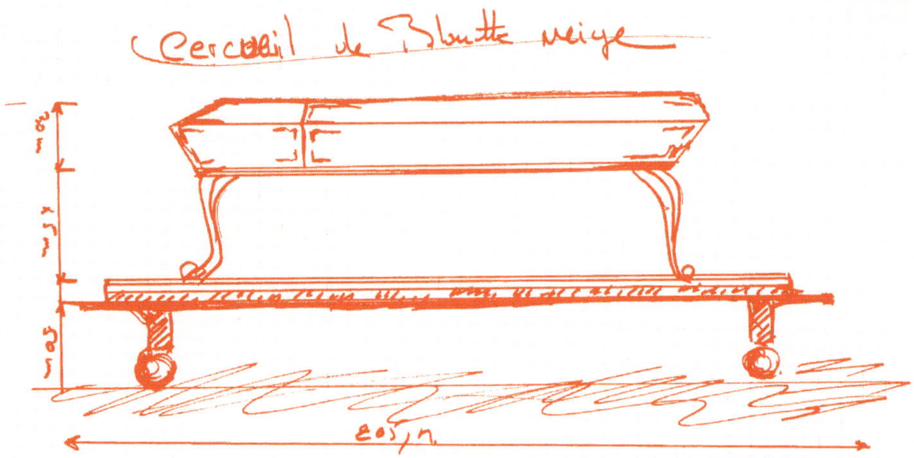

« Le Taj Mahal »

De cette boîte en forme de Taj Mahal, je faisais apparaître pas moins de huit assistantes ! J'ai eu l'idée de créer ce numéro tout naturellement lors de ma visite de ce magnifique monument pendant la période des croisières, et puis j'ai attendu d'avoir les moyens et la possibilité de le réaliser.
Pour moi, tout est matière à faire un numéro de magie, il suffit d'ouvrir les yeux, la magie est partout…

Double page précédente : croquis d'un décor pour le projet « décors baroques de la Clé des mystères » puis le résultat final, peint par Luc Mazan. C'est aujourd'hui le décor sur la scène de mes Ateliers magiques pour le spectacle *Les Folies Barbières*.

À gauche et ci-dessus : dessins de projets et leur résultat final sur scène : l'apparition du cercueil dans le numéro de Blanche-Neige (ici avec Manon Alabert) et le Taj Mahal sur la scène du *Plus Grand Cabaret du monde*.

Mon premier cercueil

Quand j'étais petit, mon père pensait que j'allais devenir un grand menuisier : il me voyait traîner dans son atelier, prendre des planches, etc.
Mes parents se sont un peu affolés le jour où ils m'ont vu fabriquer une petite boîte tout en longueur qui ressemblait à un cercueil… Puis j'ai élaboré un couvercle en carton et mis la main sur tous les morceaux de bois que mon père stockait pour fabriquer des tringles pour armoires. À l'aide de mon butin, j'ai confectionné des épées rudimentaires, avec lesquelles j'ai transpercé le couvercle de la boîte.
Ce fut mon premier tour du cercueil transpercé. C'est là que mes parents ont commencé à avoir de sérieux doutes sur mes motivations professionnelles…

La chose la plus difficile à trouver, ce n'est pas le trucage, c'est l'idée.

Le tour de l'emballage

Lorsque je travaillais pour le *Plus Grand Cabaret du monde,* je n'avais qu'un mois pour imaginer, fabriquer, tester et proposer. Or, j'avais parfois le syndrome de la page blanche…
Cette fois-là, j'étais particulièrement en panne : la première semaine passe, puis la deuxième, puis la troisième… et toujours aucune idée.
Un jour, alors que j'étais assis tranquillement à l'aéroport pour attendre un vol, je vois un mec prendre une valise, la mettre sur un socle avec un appareil qui tourne pour finalement emballer la valise avec du film étirable. Eurêka ! C'était ça, mon prochain tour ! J'allais me faire emballer et m'échapper. Et ce qui serait fort, c'est que ma partenaire se retrouve emballée à son tour !
Dès mon arrivée le lendemain, je me suis mis à l'atelier, j'ai acheté du film étirable alimentaire et fait les essais. J'ai trouvé l'astuce pour m'en sortir quatre petits jours avant de présenter le numéro !

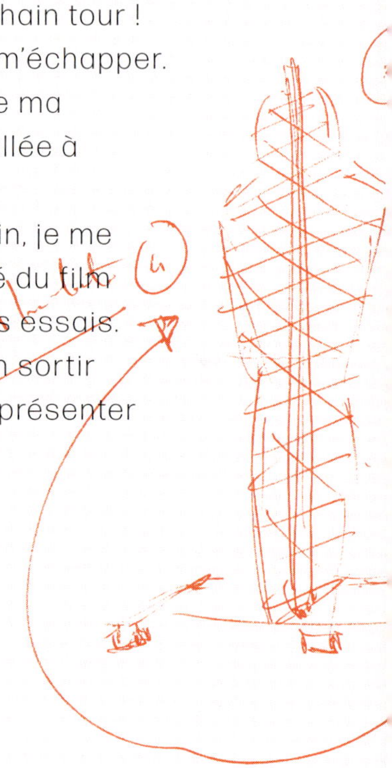

Ci-dessous : création et photo du tour de l'emballage, ici avec Copain.

Les voitures, mon autre passion…

J'ai toujours adoré tout ce qui est mécanique – les vieilles voitures, par exemple –, et je me suis souvent amusé à en construire ou en reconstruire. J'ai essayé de placer un véhicule dans chaque spectacle : j'ai commencé au Royal Palace, où j'ai fait disparaître la Corvette. Après, à la télévision, j'ai fait apparaître une Harley Davidson, un hélicoptère, une locomotive…

À gauche : j'ai huit voitures, parmi lesquelles une Chevrolet Corvette de 1958, une Dodge viper RT10 2000, une Peugeot 203 cabriolet 1953 et une Buglary, fabrication personnelle inspirée de la Bugatti 1932.

À droite : avec Marie-Noëlle Louvet, au côté de ma Citroën avant de 1951.

Double page suivante : avec mon assistante Manon Alabert, au côté de ma Jaguar Ronart W152 de 1984. Cette photo a été l'affiche de l'AutoMagic, un rassemblement de véhicules de collection que j'organise chaque année dans ma salle.

6174 QG 26

EC-787-GE

HEUER

Mon
équipe

À gauche :
avec Marouchka, Copain, Valérie et Vanessa.

Comme j'invente mes tours de magie et que, surtout, je bricole pas trop mal, j'ai fabriqué tous mes accessoires, tous mes spectacles, évidemment avec l'aide de mes collaborateurs : soudeur, peintre, menuisier, etc.
S'entourer de gens qui t'aident à avancer, c'est la clé.

Une équipe de confiance

Il est compliqué de se constituer une équipe de confiance. Je suis profondément reconnaissant d'avoir eu et d'avoir encore autour de moi des personnes impliquées, loyales, qui, pour la plupart, font partie aujourd'hui de mes amis proches.
Mes collaborateurs donnent le meilleur d'eux-mêmes pour chaque spectacle, et les techniciens de plateau en sont d'ailleurs également acteurs : c'est un travail d'équipe qui demande attention, entraide et coordination. Ils ont tous conscience du travail immense qu'il faut accomplir pour offrir un beau spectacle au public, et donnent tous de leur personne pour que l'on réussisse, tous ensemble, c'est pourquoi d'ailleurs ils gardent précieusement tous les secrets des tours.

S'entourer de gens qui t'aident à avancer, c'est la clé.

Stéphane et la loco

Un jour, j'ai acheté une petite locomotive dans un vide-greniers. Le lendemain, je la pose sur la table à l'atelier, et je dis à Stéphane : « Est-ce que t'es capable de me la faire à l'échelle 1, grandeur nature ? » Il s'est contenté de me répondre : « Ta locomotive, tu la veux de quelle couleur ? » Cette phrase, elle est restée gravée dans ma mémoire…

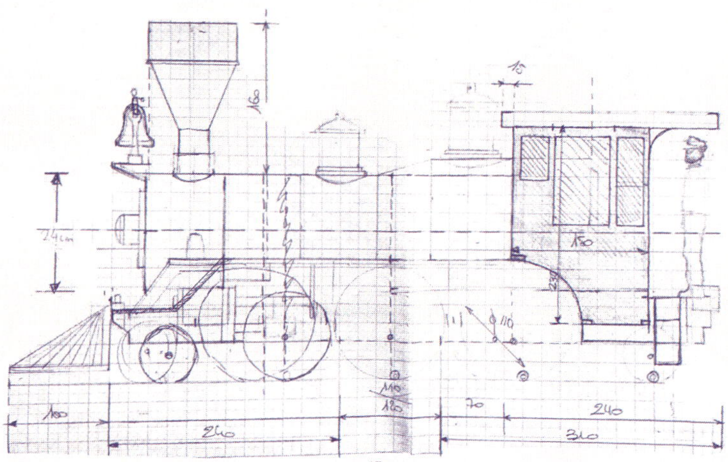

Une véritable symphonie

Dans la grande illusion, une fois que les tours sont imaginés et créés, les techniciens et les assistantes font quatre-vingts pour cent du boulot, que ce soit dans le montage et le démontage des illusions, l'installation et la désinstallation des accessoires, etc. Moi, je suis au centre de la scène, comme un chef d'orchestre qui déroule sa partition.
Pour n'en citer que quelques-uns…
Pour la scène : Valérie Trial, alias « mon caillou », ma partenaire de toujours, a su conserver intactes son implication et son énergie sur scène ; Caroline Descamps Fomel, alias Caro, qui éblouit les spectacles de son sourire depuis maintenant treize ans ; bien sûr Copain, personnage emblématique d'une bonne partie de mes spectacles, qui a ajouté sa touche bien particulière pendant des années ; Dan Bern, auteur et compositeur des musiques de quasiment tous mes spectacles ; Stéphane Teinturier, Michel Stenger, Serge Taven… pour la fabrication des tours ; et tous ceux qui les ont précédés et qui ont jalonné ma route…

En haut à gauche : Stéphane Teinturier, mon génie de la construction.

Ci-contre : énormément de numéros sont réalisés par mes assistantes. Ici, Valérie lors du tour de l'écartèlement, dans *La Clé des mystères*.

À gauche : mon fils Albert, exécutant le tour du Gloup.

À droite : toute mon équipe lors du final de *La Clé des mystères*, au Casino de Paris.

Ma rencontre avec « Copain »

Un jour, alors que je devais faire des pièces pour une machinerie, un ami me conseille de faire appel à un certain Éric Doskocil. Je rencontre ce dernier, lui présente le projet, puis lui demande s'il est capable de me fabriquer les pièces en question et combien cela va coûter. Là, le type sort de sa poche un dentier pourri façon Jacquouille la Fripouille et, tout en s'accrochant à mon pantalon, il m'implore : « Ah non, maître, maître, pas d'argent entre nous. Non, aaaah, prenez-moi comme votre ombre… » J'ai éclaté de rire.
Dès le lendemain, je l'ai fait monter sur scène avec moi dans un spectacle qui s'appelait *L'Élu du diable*. Il a refait exactement le même sketch et les gens riaient aux éclats. C'est comme ça qu'il est entré dans le milieu.

À gauche : mes assistantes, dont Valérie, à ma droite, ainsi que Copain pour le numéro de l'homme canon, au *Plus Grand Cabaret du monde*.

Valérie, mon assistante

Valérie, c'était la prof de piano de ma sœur Brigitte (qui ne sait toujours pas jouer du piano). Un jour, je vois arriver cette jolie petite blonde, très, très mince, une petite poupée. Je lui demande directement : « Qu'est-ce que tu fais au mois de décembre ? Tu voudrais pas faire du spectacle avec moi ? »
Et elle me répond : « Bah ouais, pourquoi pas ? » C'est comme ça que je l'ai recrutée pour jouer mon assistante lors des shows de Noël.
Et de spectacle en spectacle, on a continué à travailler ensemble. Quand je l'ai embauchée, elle devait avoir à peine 19 ans. Aujourd'hui, elle est toujours à mes côtés...

Ci-contre : salut au public avec Valérie, sur la scène des Ateliers magiques durant le spectacle *Les Folies Barbières*.

Double page suivante : avec Valérie, dans le numéro de la téléportation du tableau Matrix.

La relève

Mon fils, Albert, ne se destinait pas à devenir magicien quand il était petit… Je l'avais mis à contribution quand il avait 8 ans pour un numéro dans lequel je racontais mon enfance, puis, quelques années plus tard, il est entré comme technicien-machiniste dans mon équipe. Lors de mon spectacle *Tic-Tac,* je lui ai confié le final, dans le numéro très spectaculaire du « Gloup ». Le public l'a acclamé ! J'étais tellement fier… À ce moment-là, je me suis dit que l'heure était venue de partager l'affiche avec lui.

En bas à gauche : avec Albert, qui avait 8 ans, Claire Nevers et Laetitia, la petite chérie d'Albert, sur la scène du *Plus Grand Cabaret du monde*, pour le numéro du rêve du père Noël.

En bas à droite : avec Albert, à l'âge de 8 ans.

À droite : séance photo père-fils, en 2022.

Double page suivante : Albert dans le numéro d'évasion de la *water torture cell*, d'Harry Houdini.

Ma vie a été un rêve, celui d'un enfant de 8 ans qui rêvait de devenir magicien. Aujourd'hui, ce gamin est toujours là, et à 64 ans, il rêve toujours autant.

JEUX • MAGIE
DANI LARY

Remerciements

Les femmes extraordinaires qui m'ont accompagné et m'accompagnent encore pour certaines :

Isabelle Valente, alias « Ma Youyette », « la Reine mère » ; Valérie Trial, alias « Mon Caillou » ; Vanessa Bigot, alias « Vaness » ; Carole Regny alias « Marouchka » ; Andea Sammouth, Amour de ma vie ; Julie Noyat ; Lisa Angèle ; Caroline Descamps ; Brigitte Costechareyre ; Marie-Noëlle Louvet ; Paula Vernon ; Claire Nevers ; Monique Croze ; Sophie Debeaumont ; Mylène Ruiz ; Monique Bittoun ; Annie Bittoun ; Claire Mollès ; Angie Le Bihan ; Laurence Lopes Da Silva ; Manon Alabert.

Les hommes incroyables qui m'ont accompagné et m'accompagnent encore pour certains :

Albert Lary ; Stéphane Teinturier ; Serge Taven ; André Farine ; Hans Shuller ; Luc Mazan ; Jack Dolle ; Bruno Lamballais ; Otto Wessely ; Jean Regil ; Thierry Marion ; Dan Berne ; Christian Ruiz ; Jonathan Donger ; Éric Doskocil, alias « Copain » ; Patrice Fomez ; Loic Castel ; Didier Petit ; Yves Lévy ; Marc Seguin.

Les rencontres, les belles collaborations qui ont marqué et marquent aujourd'hui encore ma carrière :

Patrick Sébastien ; Robert Hossein ; Éric Debeaumont ; Pascal Guillaume ; Jean-Marc Ghanassia ; Samuel Ducros ; Patrick Hourdequin ; Christian Vinson ; Christian Morel ; Robert Morel ; Joseph Arragono ; Luc Petit ; Johnny Hallyday ; Christophe ; Anggun ; Philippe Candeloro ; Pascal Creso ; Nathalie Nieson ; Éric Antoine ; Pierre Meyer ; Mathieu Meyer ; Philippe Robin ; Siegfried et Roy ; Clara Morgane…

Mes parents

Finalement, ce sont mes parents les plus grands magiciens du monde, ils m'ont fait apparaître. Je ne les remercierais jamais assez de m'avoir soutenu et permis de réaliser mon rêve.

Crédits

Couverture : © Stéphane Kerrad - KB Studios | © ABACA / Laurent Zabulon : p. 63, 134-135 | © Akg-images : p. 13 | © Alain Bearinz : p. 122-123, 137 | © Alamy Stock Photo / Buyenlarge / UIG : p. 12 | © Bestimage / Agence : p. 49 / Aslan : p. 60 / Bahi : p. 50g, 53b / Guillaume Gaffiot : p. 58 / Pedro Cabreira : p. 53h | © Cédric Vasnier : p. 80, 82, 83, 143 | © Collection personnelle de Dani Lary : p. 6, 7, 8-9, 10, 11, 14, 15, 16, 17, 18, 19, 20c, 20b, 21, 22-23, 25, 26, 28, 30-31, 36, 38, 42, 44, 47, 48, 50d, 54c, 54b, 55, 61, 84, 85, 88, 89, 90, 92, 93, 94, 96, 97, 99, 100, 106cg, 106c, 106d, 112, 113, 114, 116c, 116b, 117, 119g, 120, 126, 136, 141 | © Dewynters Ltd : p. 98 | © Droits réservés : p. 43, 59, 62, 64d, 66, 76, 81, 87 | © Georges Mihalcea : p. 64hg, 64bg | © IODA / William Let : p. 71 | © Iulian Furtuna : p. 46, 52, 54h, 124, 130 | © Marc Molina : p. 67c, 68-69, 70, 72g, 74-75 | © Maxime Rocher : p. 77, 78-79, 128, 138-139 | © Mikel Kl : p. 67h, 67b, 119d, 127, 129 | © Mr Albert : p. 34, 37, 40-41, 45 | © Philippe Barret : p. 23b, 24, 104-105, 106hg, 106bg, 109, 110-111, 121 | © Robin Pierrestiger : p. 56-57, 102, 115, 116hg, 133, 140 | © Roger-Viollet / Albert Harlingue : p. 33 | © William Let : p. 73 | © Yves Lévy : p. 20h

En dépit de nos recherches, nous n'avons pas pu identifier les auteurs des photographies mentionnées en droits réservés. Si l'un d'entre eux reconnaissait son travail, nous nous tenons à sa disposition.

EVENTS

Photogravure : Apex Graphic
Achevé d'imprimer en octobre 2023 par Clerc en France
92 rue de la Brasserie
18200 Saint-Amand-Montrond
Dépôt légal : novembre 2023